歌集

宇治の川風

篠山重威

青磁社

宇治の川風＊目　次

篠山重威歌集

宇治の川風

良寛

心臓を病む人の部屋《へや》へ回診にゆきて良寛の書の臨書に出逢ふ

良寛の書の墨蹟を目に追へば時空を超えた叫びの聞こゆ

良寛が耐へにし冬の五合庵究極の生は無限の自由か

良寛の生家見下ろす記念館「天真に任す」の書の前に立つ

地震のニュース聞くたび思ふ良寛の「土波後作」災禍は人災と

どこまでも任運に転ずる良寛の心を詠める日来るであらうか

明日を夢見し

家持の歩みし越の道たどり新設医大の明日を夢見し

家持の心にふれたり越中の新設医大に夢追ひし日々

雪深き富山で過ごしし四十代紅顔の意気の燃えゐし懐ふ

越中の富山を離れて二十年過ぎ行きの葛藤心にのこる

松川の桜はいまだ目覚めぬに眼裏に顕《み》つあの春の宵

しなさかる富山に赴任し雪を知り家持を知り酒を知りにき

昭和五十九年富山に雪止まず寒さしんしん肌に染みけり

母でなく妻の顔して来る君を単身赴任の駅で待ちゐし

旧富山駅のホームのうどん屋の味が懐かし湯気が懐かし

米原を通過し思ふ「雷鳥」に閉ぢ込められて過ごしし雪の夜

若き日の宿舎を訪ね来し方の歳月思ふ壁の染みにも

飛行機雲

風が掃くすぢ雲横切る飛行機雲すぐさま乱れ闇に消えたり

夏空に伸びて光れる飛行機雲に風のまにまに虚構くづるる

過去の呪縛溶けるがごとし青極む空の飛行機雲消えゆく見れば

青空に伸びる真白き飛行機雲に取り残されし黒き絶望

愛すとは耐ふるかなしみ野の風に吹かれつつ咲く露草の藍

早朝の寒波

東雲を染めて昇る陽まぶしけれど風は冷たし節分の朝

伝統の追儺の行事おとろへて太巻きならぶコンビニ哀《かな》し

空前の寒波来るとの予報在り前夜の月の冷え冷えと澄む

寒波の朝月を伴にしその光《かげ》を踏みゆくウォーキング吐く息白し

冷え冷えと鴉も鳴かぬ明け方の小雪舞ふ中ごみ出しにゆく

ごみ出して帰りしわれの頬にふれ妻は冷たさに思はず指引く

雪化粧の金閣寺山内人群れて声に消さるる松風の音

木幡池に冬日あまねし群なせる白き水鳥ひそけく浮かぶ

飛び来たる小白鳥らは首立てて池の面を厳かに群る

公園のゴミ拾ひ

病む妻が動けるうちにと町内会の役引き受けぬ桜の春を

歩けぬ妻リハビリのためと躓きつ躓きつつもゴミ拾ひする

「ああしんどい」と妻つぶやけば庭先の白きレモンの花が散りたり

「待ってくれなくても良いよ」と言ひし妻道に躓きたすけを呼びたり

杖つけど転びて道に座り込む妻を遠くから大声で呼ぶ

躓きて後戻りしてはやり直し老いてゆくのか夫婦といふは

庭歩く二羽の小鳥を辞書に住む仲間の声に誘ひ近づく

リルケを読む

読み古りしリルケを庭でまた開く薔薇が一輪咲きたる前で

死と生を語り続けるリルケ詩集開けば綴ぢ目に干からびた虫

宇治川に孤独が流れゆく時にリルケの言葉思はざらめや

窮極の愛に耐へたし人知れず野に咲く一輪の花の如くに

秋日照る庭でリルケを読みふける否定の身振りに落ち葉散る中

木の葉散る姿は否定の身振りとぞ歌ひしリルケに思ひ寄せにき

入学写真

家族みなぎこちない笑みを浮かべゐし苦痛の果ての入学写真

制服を着れば少女は初々し女子学生に羽化する春の日

同門会

同門の古き仲間の酌を受け過ぎにし日々の記憶をたどる

万葉歌人《うたびと》の心に触れぬ家持の仰ぎし立山の見ゆるホテルに

診断は抗ひがたしと伝へきし友の死を知る同門会で

旧友の物故者名が増えてゆく明日が疎まし老いるといふは

俺・お前名は呼び捨てに呼びゐたる友し思はゆしらん咲く春

なんとなく胸熱くせり半世紀前の教室跡地に立ちて

老の身

健康のためと思ひて夜明け前御陵に集へる年寄りの群

暁闇を今朝も行き交ふ顔見知り御陵の森に足音ひびく

陵墓地のあしたを行けば秋風が木末《こぬれ》騒がし人声も消す

雨やみてしづもる暁闇の御陵道虫の音聞きつつウォーキングする

明け暗《ぐ》れの御陵の石段降りくれば草むらに鳴く　マツムシ・スズムシ

おはやうの声飛びかひてウォーキング老の身軽く石段を踏む

いつも会ふ人が暫く顔見せず心配の声漂ふ夜明け

ウォーキング御陵の森の暗闇にいつもの声の無きが悲しき

早朝のウォーキング途次見て通る豆腐屋に閉店告げる張り紙

青春の詩

炎のごと生きて卒寿を越えしきみ遺影の笑みの美しきかな

九十四師は逝きたまふウルマンの青春の詩をテープに残して

梅咲きほこる

城南宮梅の古木が並び立ち花咲き満ちて自己主張激し

麗らかに梅咲き誇り行き合ひの目が合ひし人にシャッター頼む

梅園の花の香に包まれて心を癒す老いの半日

春の空うららに霞む梅園へ鶫飛び来たり小枝を揺らす

社の園今が盛りと咲ける梅妻と見つめて春日過ごせり

早咲きの桜

きさらぎを駅のホームに咲くさくら乗り降りの人仰ぎ見てゆく

奈良線のホームの桜冷えびえと雨水に咲きて北風に揺る

冬将軍居座る空に咲く桜見あぐる児らの笑顔明るし

花仰ぎ見る

一晩でかたい蕾の桜花精気溢れて白一色に

老い知らぬむかしながらの桜花あといく春をわれは数へむ

母がゐし病室前の桜花今年も豊《ゆた》けく咲き極まれり

さくら咲くお城の庭を車椅子連ねしひとら花仰ぎ見る

爛漫の桜の下の人群に「じやけん、じやけえ」の故郷《くに》言葉聞く

咲く桜その花影に国言葉聞けば恋ひしきふる里の春

芽吹く葉に春の日差しが降りそそぎ通りに静かな木陰をつくる

桜花に見入れる人の広島なまり聞けば懐かしく声をかけたり

花散りて若葉が芽吹く桜木の並木に音なく春雨が降る

アメリカで育ちし吾子へ校庭に咲くはさくらと教へし日ありき

散る桜吾子の白髪《しらが》に降りかかる遠き昭和の遊園地跡

白髪を交へし吾子と花仰ぐゴジラ・ガメラが立ちゐし場所に

散るさくら惜しみし父も散りにけり桜若葉の香る日の朝

雪のごと水面に散るさくら花見入れる君のうなじにも降る

坂道

我が家から駅までの道坂なるを杖つく妻と歩きて知りぬ

穏やかな坂道なれど杖をつく妻立ち止まり雲を見あぐる

忘れ物届けむと坂をかけてきし妻よあの頃はすこやかなりし

散る桜被りつつ足を励まして池に添ふ坂を妻下り来る

冬日あまねし

空前の寒波来るとの予報あり今夜の月の冷え冷えと澄む

日の出より雪降り続き外来の予約患者にキャンセル続く

春寒《はるさむ》の弥生の庭に雪降りて白くきらめく初雪と言はむか

初雪が咲き初めし梅の枝に散り春陽静かに東雲を染む

トラックが季節外れの雪かぶりラッシュ時をゆく宇治の三月

大輪の牡丹

夕庭に咲き終はりしと思ひたる牡丹にふたたび光る朝露

大輪の牡丹の紅き花びらが雨に打たれて散り重なりぬ

庭へ出て朝食をとる日曜日牡丹の花に日差しうるはし

十五の春

志望校に合格せしとふ孫の声晴れて明るし十五の春は

山ひとつ越えたる汝《なれ》はなほ続く試練乗り越え何処へゆくや

受かつたとふ孫の電話に涙する妻の姿に心揺らぎぬ

女《め》の孫が小学校卒業式に弾くピアノ聞きつつ嫁は涙を拭ふ

バーゼルを訪ふ

バーゼルを訪ひ得てクレーの絵に出合ふ升目の色は謎めいてゐし

聖夜近きバーゼルの街に灯は耀ひながら喧噪包む

夜に入り川面が街の灯を散らすラインの橋にふたたび立ちぬ

孟冬のフォルデルラインに陽は落ちてチーズフォンデュとろけ始める

十五年ぶりに国際討論に集へば若き日々ぞ思ほゆ

かつて世の循環器学を支へきしひとら今ではオールドボーイ

同じ声同じ言葉で同じこと聞けば遥けし二十世紀は

天命に逆らはずしてかくも老い侘助の花庭に散る見ゆ

パウル・クレーに会ふ

パウル・クレーの絵の中の目に見つめられ呆然として佇つ旅人我は

ベルン郊外緑の丘に屋根三つ波打つ館でクレーと向きあふ

十二番トロリーバスの終点はクレーの道標頼りなく立つ

パウル・クレーの絵に添へられし言の葉が絵から離れて心にひびく

抽象の画面に散らばるアルファベットクレーの裡《うち》なる無窮の言葉

線描が意味のありげにつながつて色響きあふクレーのキュビズム

半世紀経ちて少女は甦るグラス・ファサード裏面の謎

クレーの天使忘れつぽくて意地悪で人間らしくてかはいげがない

還らざる若き日の夢追ふごとく機内にまどろみ雲海をゆく

スイスより帰りて時差に苦しめる一週間なり老いづくわれか

ロス先生

懐かしくLa jolla《ラホヤ》の日々の思はるる師と呼ぶ最後の人を送りて

身に沁みてありがたきかな半世紀師と呼ぶ人に導かれたり

散る桜また来年も咲きぬべし師に会ふすべなき別れ悲しも

師の訃報届きて再度読みかへす「科学者の旅」と題する自叙伝

実験に苦しみし日の葛藤を老いても夢に見る切なさよ

桜散りコロナ禍続き惨めさを飲み込んだまま春を見送る

満たされぬ心のままに春の夜を桜並木を渡る風聞く

若き日に戻る夢から覚めた朝声する方《かた》に月ぞ残れる

職退いて空しき心持て余し神谷美恵子をもう一度読む

つくづくと今にし思ふロス教授との出会ひこそ夢の始まり

ロス先生語ればかの日に帰りゆく会ふべきもなき虚しさ超えて

在りし日の師に会ふごとし半世紀前のわが論文のコメント読めば

若き日の思ひ出にこころふける日を見果てぬ夢を語るウェブライン

今は亡き師に導かれし喜びは今も愛《かな》しく吾が胸にあり

人生の終はりの近きわれなれど見果てぬ夢の茫とただよふ

見残しし夢語らむと準備せし講演コロナに中止となりぬ

夜は空白

痩せゆきて着られずなりし妻の服タンスの奥に密かに眠る

病みて伏す妻の背中をもみをれば迷ひ入りたる蝶が横切る

道長の眺めし月が今宵また自衛隊宇治駐屯地照らす

月明かりに長く伸びゆくわが影を踏みつつ御陵の参道下る

久々の息子の帰りをそはそはと妻待ちゐしも夜は空白

帰省せし息子が去りて手つかずの馳走一人でほろほろと食む

父たるは哀しかるべし更くる夜を父たりたしと思ひ詫びたり

塾終へて帰りたる子とオリオンを眺めし夜の懐かしきかな

秋の気

焦げつきし鍋を磨きて庭に乾し秋の日差しをたつぷり吸はす

台風の余波が残暑をやはらげて秋の立つらむ驟雨の後で

風を受け庭に檸檬の実が落ちてにはたづみには水輪広がる

秋の気を思ふばかりをスーパーの野菜売り場に松茸並ぶ

炊き立ての栗ご飯からのぼる湯気ほのぼのとあり秋うかびくる

夏が去り久方ぶりにネクタイを締めて出かける秋の日差しに

夜をこめて宇治の川風吹きしかば愁ひ誘ひて秋は立つらむ

庭の木をそよろに渡る川風の音にぞ宇治に秋立つを知る

茶畑

通学の子ら抜け行きし茶畑の消えてあひつぎマンションの建つ

茶畑にマンション建ちて陽の光風の色さへ変はりしわが街

われの憂ひ閉ぢ込めたまま宇治川に霧立ち冬日の暮ゆく早し

悲しみの癒えざるままに日は過ぎて茶畑の道黄の蝶の舞ふ

マンションのブームに茶畑消え去りて茶摘み女照らす夏日もマボロシ

マンションの茶畑後に立ち並ぶ何も語らず視線冷たく

住めば故郷

人去りて空き家の多きわが町を染めて弥生の夕日が沈む

五十年住みて故郷となりし町隣人の死をパトカーに知る

可燃ごみ収集箱がカギ付きの金網《メッシュ》となりて鴉の声絶ゆ

ゴミ箱に降りたる鴉艶やかな抜羽一本残して去りぬ

会へぬ友

喜寿を過ぎ同窓会に集ひたるあだ名で呼べる友が嬉しき

同窓会に来たれど会へず朋友は病みて伏せると聞けば悲しも

演壇に立つ

若返る思ひに語りぬ学会の演壇に立つは十五年ぶりなる

仙台の循環器学会会場は震災五年忌の鎮魂こもる

仙台は震災の後とどめぬも波越えし浜ひとかげのなし

元日

元日の雪に燥《はしや》げる孫たちの声を聴きつつ屠蘇酒に酔ふ

孫たちが作りし小さき雪だるま融けて炭のみ庭に散らばる

去年《こぞ》のわが憂ひ悩みを吸ひこんで元旦の月さやけく照れり

新年《にひどし》の孫らがさりたる部屋のうちピアノの蓋の開けられしまま

正月を共に過ごしし孫帰り居間のピアノがまた家具になる

帰省せし子らと過ごしし大晦日話さねばならぬ事が話せず

月光

叱り声もう聞こえない食卓で静かに啜る七草の粥

月光を背にし歩めば黒きわが影が揺れつつ我が前をゆく

石段を幾重にも折れ伸びるわが黒き影踏む月寒き夜

新年の玉垣に咲く山茶花の濃きくれなゐに初日差したり

新しき空気吸ひ込み新年の朝を歩めり孫と一緒に

孫の語る進路の悩み聞きにつつ参道ゆけば初日登り来

義兄の旅立ち

電話とり妻泣きだせり午前中声を聴きたる義兄《あに》の訃報に

手術せず義兄は平穏死とげ給ふ八十路半ばを姉に目守《まも》られ

義兄送る斎場への道限りなく寂しかりけり馴染みの景色は

斎場に集ひし者を愛想よく迎へるがごと微笑む遺影は

一族の長たる義兄を欠く座敷備前の壺の床《とこ》に静けし

彼の世でも楽しむやうに子供らが炻器、写真と辞書を棺に

棺に花投げ入れ君が面埋む永遠の別れを忍びかねつも

それぞれの思ひを込めて骨壺にみ骨移しぬ自慢の奥歯と

義兄逝きて今日は初七日妻ひとり経をあげゐる京都は小雪

義兄に給ひし賀茂鶴飲みてもう一度会ひたきものと思ひつつ酔ふ

春の日差し

老いふたり春の日差しの川べりをひつそり歩む昔おもひつつ

春日照る土手の下萌え踏みゆけば風運び来る木々の温もり

病む妻と苑のベンチに芽吹く木々眺むる幸よ永久にあれかし

花芽吹き春はま近し下萌えの広がる庭を素足に踏みぬ

同窓会

過ぎし日に放歌高吟酒飲みし友は今日来ず病むと知りたり

ほととぎす血に鳴く悲しき声きけば肺がんの友の苦痛おもほゆ

今年又栄達の友四人《よったり》の名前の消えた卒業名簿

また会はむとメールをくれたる友逝きて若き彼《か》の影夢に入り来る

友はみな老いたり病みたり逝きたり五十年目の卒業名簿

同窓会終はればば飲み屋で飲み直しすることもなし卒後五十年

熊本の地震

テレビにて地震に揺れる熊本城揺れつつわれの思ひ出砕く

絶え間なき余震のニュースが呼び覚ますかの暁の震度5の揺れ

筍を木の芽と和へればまろやかな旬の香りが厨に満ちる

いろいろの筍料理を皿に盛り今年もできたと妻のつぶやく

朝掘りの竹の子ゆがく厨辺に土のかをりが匂ひ立ちたり

言ひたきことありげに傾《かし》ぐ食卓のコップに挿しし紅薔薇一輪

妻を迎へし

あの夜のオレンジ色の窓明かり待つ人のゐる喜び知りぬ

アパートに妻を迎へしその夕べ窓の灯《あかり》のまぶしかりにき

待つ人の窓の明かりを知りし宵あれから結婚記念日重ねて

誕生日

水惑星空青く澄み風さやかああ五月二十一日われの生まれ日

この世との別れに向かひ歩みつつ今日年重ね八十四歳

誕生日鯛の浜焼きふる里の潮のかをりの心懐《うら》かしく

父母も兄弟《はらから》もすでに世に亡きを思ひて涙すわが誕生日

自らをウルマンの詩に重ねたる遠き日恋ほし今日誕生日

浜焼きの鯛を食ぶればうぶすなの瀬戸の潮の香めぐりにただよふ

瀬戸の海に母呼べば悲しみよみがへる骨壺抱きてゆきし故里

わが祖父の開拓したる児島湾かたへに父母の眠る墓あり

わが名前「重からざれば威あらず」に込められし父の心偲ばる

夢はるか消え去りし身にたまきはる命の血潮流るるものを

いつの日か希望かなへむと鯉のぼり仰ぎし少年の日懐かしき

山つなぎ泳ぐ鯉のぼり影さやか忘れゐし日の思ひ寄せゆく

香りを運ぶ

夕空に檸檬の花の咲き初めて宇治の川風香りを運ぶ

川風が庭のレモンの花の香を乗せて渡ればひとの心慰む

夕影にレモンの花の香ただよひて今日の気鬱を払ひてくるる

一日が終はれば庭に川風が花の香立てり月白く出づ

あと十年

あと十年生きてゐたいと弟が言ひつつ逝きて十年になる

医に捧ぐる身にしあれども弟の命を救ふすべなかりけり

愛し子《いと》と妻をば置きて逝かむとす寂しき心思ひて泣きぬ

良き伴侶得て幸せに二人の子暮すを見せたし逝きし弟に

ホタル

暗闇を行き交ふ人の肩越しに音なく流るる蛍目に追ふ

植物園の坂をくだれば宵闇に沢の蛍が明滅しをり

暗闇をよろめく妻の手を取りて沢に下りれば蛍飛び交ふ

しづけき面

訃報受け急ぎ帰洛の車内にてつのる思ひを忍びかねつも

白布をとりてしづけき面と会ふ今一度声聞くこともがな

逝きにたる友愛しめばさみだれはしめやかに降り頰を濡らしぬ

よれよれのレインコートにお釜帽冷めた眼差しゆめ忘れめや

もう来ぬアメリカ

これからは来ることも無きアメリカと機窓に見守る海岸線を

任終へて帰路のフライトの窓に見る西海岸の光る白波

あれも止めこれも辞めたと言ふ外なし昔の仲間へ近況報告

長年の医学誌編集の業務終へてこころの空白を酒で紛らす

仕事より解放されしこのゆふべ飲み干すビール臓腑《はらわた》に沁む

喜寿過ぎてまだ新しき研究に触れる楽しみ今日でおしまひ

義母の茶碗

手作りの義母《はは》の茶碗で茶を飲みぬ磁肌に残る義母の温もり

金継ぎの義母の茶碗で茶をたてたりほのかな香りを両手に包む

水仙

口づけをしてゐる如く頭を垂れて睦月の風に揺れる水仙

水仙が恋するごとく寄り添ひて揺れて抱き合ふ風のまにまに

塀の外《と》に白く群なす水仙に太宰治の幻うかぶ

路地に沿ひ咲く水仙を切り取りて冬の溜息持ち帰りたり

大晦日群れ咲く白き水仙に散り重なりし山茶花の花

楚々として水仙白く咲けるうへ赤い気炎を散らす山茶花

宇治川を吹く寒風にそよぎつつ水仙の花白く匂へり

寂しき正月

初春を緑の丘の有明の光に匂ふ白き水仙

誰も来ぬ妻とふたりの寝正月用なき時間重くすすまず

新年はそぞろに寂しお節なく屠蘇なく年賀の客もなければ

酔心の冷酒と桂馬のかまぼこでふる里偲ぶ二人正月

天地しづか

剪定せしカヒヅカイブキの枝間から差し入る夕日窓に葉の影

刈り込みし庭木抜けくる夏風のすずしきゆふべ天地《あめつち》しづか

木間から燃えたつやうな夕日射し楓の葉陰カーテンに落つ

京ことば

京ことばなじまぬままに住み住みて鐘の音床し鉾巡る京

鐘の音もいつか心に染みついて妻言ふ「京都の人になつたね」と

台風の中で山鉾巡行を中止せざりし千年の意気

台風のなかを山鉾は巡行す祇園囃子の音いろ澄みつつ

悪霊を誘ひて酔はせる祇園囃子コンチキチンと風音を消す

病院の待合室で聞く言葉「京の男意気山鉾巡行」

台風の過ぎ去りし後御陵には青葉嵩みて人踏みしだき行く

がん検診

がん検診の思ひもよらぬ異常値に病弱の妻の老後を如何に

病む妻の先に逝くことあるまじと誓ひし心揺らぎ始めぬ

内視鏡・ＰＥＴ・ＣＴ全て終へ病院出れば夏日眩しき

細胞よ余計なものの取り込みはならぬと命じＰＥＴ検査受く

ＰＥＴ像異常取り込みあるといふあわてて開く古き医学書

精査にて異常なかりきほつとして病院出でて一駅あるく

若草の妻

明日のわが生命《いのち》知らねど次の世も君を娶りて此処に住みたし

若草の妻と互《かた》みのしあはせを約せしことの今も忘れず

無理を言ふ我に泣きたる日のありと妻涙ぐむ結婚記念日

子を背負ひわれの招きし客人をもてなす若き日の妻なりき

相ひ添ひてさきくあらむと契りての後の世長くまさきくありき

晴嵐に木々はざわめきパラパラとレモンの花が芝生に散りぬ

戦無き世を祈る

犬までも徴兵された日がありき戦無き世を祈る八月

焦土から芽吹き再興支へきし夾竹桃が今年も赤し

しんしんと夏日に赤き夾竹桃咲けば聞こゆる死者の呻きが

夾竹桃の花の影にて死者たちの呻きただよふ今日原爆忌

夾竹桃今年も赤く咲きにけり戦無き世を誓ひし街に

爆心地に最初に咲いた夾竹桃今年の夏も花をつけしや

広島の被爆調査の途次逝きし先輩しのばる戦後七十年の夏

気象衛星あの時あらばとしきり思ふ被爆調査団の慰霊祭に来て

慰霊碑をかこむ樹木は生ひ繁り枕崎台風より七十年過ぐ

一日一生

雨あがりふたたびひびく蟬しぐれ命を惜しむ読経のやうに

蝉声がフォルテに変はり樹に満ちて暑さかき立てフォルティシモに

耳鳴りを更につんざく蝉の声「一日一生」とわれに告ぐるや

送り火

石見川、凌霄花《のうぜんかづら》、山吹の花咲く古寺に送り火を焚く

送り火のゆれる炎に亡き父母の面影を追ふ雨後の寺庭

通り雨過ぎ去りし後宇治川の川風に乗り送り火は燃ゆ

通り雨過ぎ去りし後送り火の炎立たせり宇治の川風

偲ぶ会

西陣の馴染みの店に集ひ寄り亡き友偲べど酔ふ者もなし

一人《いちにん》の無きに仲間は打ち萎れ酒酌み交はせどもゑひもせず

さすたけの君のメールに残された思ひは胸打つ通奏低音

心臓の挙動に関するわが学説半世紀後のいまウェブにて語る

京大の時計台行きシャトルバス思ひは遠き日に帰りゆく

けふは師の追悼会なりわが胸の若き日の夢に別れを告げむ

若き日の実験に苦しみし葛藤を老いても夢に見るは切なし

逝きたる師に逢ふべきもなき夕べためらふ如く夕日差し来る

湯の湧くところ

山道の杉の木洩れ日抜けくれば湯の湧くところ湯煙の立つ

明け初むる山の端を背に露天風呂の湯おもてに舞ふ百日紅の花

朝ぼらけ妻と二人の露天風呂緑の中に百日紅咲く

山道に車止めればせせらぎに遊ぶ子供の声が聞こえる

宇治川のゆふべ

川土手をゆけば初冬の夕日射し川面に光の破片《かけら》を散らす

沈む陽があかねに染めし夕空の鬱金《うこん》となりて秋陽暮れゆく

老い二人枯葉踏みゆく川岸の空は金色地に茜射す

若き日の空

若き日の空に仰ぎし青レモン　カリフォルニアに葛藤の日々

失敗を重ねし加州にレモンの木眺めて心慰めし日々

道ふさぎたわわに実る青レモン青春の夢やり直したし

時よとまれ

病む妻を置いて死ねずと思ふとき六歳の歳の差の切なかり

顔わすれ、字わすれ、物を置き忘れ茫漠たり傘寿のわが誕生日

職退《の》いて時の流れが遅くなり寡黙に過ぎぬ何事もなく

胸奥に「時よとまれ」と叫びたし老いにバックのギアがなければ

大統領の黙禱

慰霊碑の前でアメリカ大統領黙禱捧げぬ謝罪はなしに

「過ちは繰り返さぬ」の慰霊碑に大統領オバマ黙禱せしのみ

慰霊碑に献花せし二人の指導者はかつての敵を友と呼び合ふ

プラハでは核無き世をと語りしも広島で聞けぬ「イエス・ウイ・キャン」

恵心の忌

宇治川の朝霧はれて恵心僧都の千年忌におもふ源氏物語《げんじ》の「浮船」

恵心忌の僧の誦経《ずきやう》の声そろひ黄鐘調《わうしき》は堂宇に満ちぬ

花の香の染み入る古き恵心院　僧都千年忌に深く礼《ゐや》なす

千年のふる寺に恵心を弔へば川の水鳥をちこちに鳴く

浄瑠璃寺

並び坐す九体の阿弥陀如来像それぞれ異なる面輪《おもわ》を仰ぐ

蔀戸《しとみ》の明かりほのけく静まれる九体の阿弥陀の金色まぶし

山奥の浄瑠璃寺まで辿《たど》りきて平安のひとら何祈りけむ

秋草や浄瑠璃浄土の境内の三重塔は樹の間に映ゆる

妻の病む指

詣で来し彼岸の寺に住職が高枝ばさみで柿切り呉るる

古寺の捥ぐ人もなき柿の木の柿色づきて秋深みたり

柿の実にたわむ枝をば瓶《かめ》に活け床にかざりぬ鈴虫が鳴く

寺庭の木々吹きぬける川風の音にぞ秋の深みしを知る

栗ごはん炊かむと栗の皮をむく妻の病む指うごくがうれし

炊き立ての栗ご飯よりのぼる湯気ほのぼの香り常ならぬ宵

伽羅蕗届く

伽羅蕗を妻は煮続け四十年亡き義母の味にやつと近づく

海越えて義母の伽羅蕗届いた日国宝ローズの味極まれり

加州まで義母が伽羅蕗送りくれき成果無きまま帰宅せし日に

東福寺

紅葉にいまだ間のある洗玉澗　未完の時空に妻とたたずむ

東福寺まだ緑なすもみぢ葉を分け入る秋日苔を照らせり

苔生して緑に染まる樹のたもと木漏れ日が金の玉を散りばむ

開山堂に和服姿のをとめ二人はにかみながら目を合はせおり

昭堂におりたつ和服の乙女二人きれいねといへば誇りの笑顔

秋浅き紅葉の谷は静まりて午後のひと時やすらけきかな

妻の誕生日

母逝きし年までまだあと二十年健よかにあれ安らけくあれ

ことごとく果されなかつた約束を来世に誓ふ病気の妻に

ソユーズ

鵲《かささぎ》が橋を架けたる天の川をソユーズは運びし人類の夢

牽牛と織女向きあふ天の川を秒速八十キロでソユーズは越ゆ

七夕に宇宙ステーションにたどり着き西山さんは宙返り見す

ソユーズが七夕の夜に運びたる人らはどこまで明すか謎を

一夜かけ鵲が渡す銀漢を一瞬の間にソユーズは越ゆ

四条通り

風景は昔のままの四条通り杖つく妻に寄り添い歩む

大丸の地下の人混み出でて来て京料理「たごと」の椅子に向き合ふ

妻のもつ杖に若きがぬつと立つこころ清しき優先席に

忘却の彼方にやりたき悲しみをテレビドラマが思ひ出させり

ほんのりと咲き初めし薔薇に水をやる妻が少女に戻る日の暮

夫婦しかわからぬ会話が交はされぬ夕日が匂ふ初夏の庭

呟きが突然笑ひ声となる妻は如何なる夢見てゐしや

祇園囃子

水害に倒れし御霊鎮めむと祇園囃子の祈りが響く

山鉾の巡行後も怨霊の祟りか猛暑の京都に続く

炎天下大船鉾は舌を出す野獣の如く辻を曲がれり

魂が鎮もるもなしあと祭り三十八度の照り容赦なし

ため息のごとき夕日が庭に射す嵐が西に去りたる後を

夕焼けの裾がめくれて遠ざかる台風十二号の行方如何ぞ

大雨の被害の残る故郷に風を伴ひまだつづく雨

常のごとしき鳴く蟬の声の無し三十九度の京の炎昼

炎熱に蟬は鳴き声ひそめしもわれの耳奥蟬声止まず

夕されば猛暑和らぎひぐらしの鳴き出でにけり今日原爆忌

台風の進路

台風の進路をテレビに確かめて妻の受診の予定をたてる

台風に青きレモンが庭に散り蘇りたり愛の記憶が

関空の冠水見たり九月四日祝賀の中をドイツに発ちし日

九月四日風雨の関空テレビに見開港の日の旅をし懐ふ

台風は庭椅子テーブルパラソルと夏の名残をなぎ倒し去る

台風の去りたる庭に妻植ゑしトマトが二つ赤く微笑む
しみじみと酔ふ

解禁日友から届きしボージョレヌーヴォー、グラスに注ぐ音の嬉しさ

ヌーヴォーは色濃くさやかに匂ひ立ち今年のワイン出来の良からむ

解禁の新酒ふふめばのぼる香におのが道ゆくひと思はるる

ワイングラスまはせばヌーヴォー香り立ち秋の夜長にしみじみと酔ふ

一人酒

「僕が酒飲むこと出来る日まつてて」とふ孫の電話に元気をもらふ

持ち古りしペアのグラスで一人酒泣かまほしかり牧水のごと

匂ひ拡がる

色づきしレモンを取れば切り口の甘い香りが庭に拡がる

レモンの木見上げる客に黄なる実を取りて差し出す冬日射す庭

ギュッと搾る檸檬の雫に生牡蠣が故郷の匂ひを喉に拡げる

平等院

創建の姿に戻りし平等院　対岸にわが奥《おく》つ城《き》定む

古寺の霊園に孫を連れ行けば「パパのお墓もここなの」と問ふ

平等院の池に映りて鳳凰は点描画のごと光を散らす

炎天下鳳凰堂を一周し現世《うつつ》の浄土をかき氷屋に知る

霊を送る

朝日山に雲低く垂れにはか雨不浄を流す霊を送る日

恵心院の施餓鬼法要は雨の中読経の声が雨に消さるる

雨の中送り火焚けど燃えたたず魂《たま》は拒むか涅槃に帰するを

炎　暑

連日の炎暑こもりて裏庭の胡瓜もゴーヤもしをるる晩夏

猛暑日の焼けゐるやうな陽が沈み犬連れて歩く人が増えゆく

暑き日がやうやく西に傾きて木の間に茜の光もりくる

残暑まだ居座る庭に松虫の声を聞きつつ涼風を待つ

赤ヘル

四半世紀振りのカープの優勝に賀茂鶴純米大吟醸に酔ふ

赤ヘルが優勝決めた瞬間に赤ヘル親子の涙がテレビに

秋　天

通り雨過ぎて秋天《しゅうてん》澄みゆけどこころの内のしこりは晴れず

一か月続きし夏日去らむとす闇の向うに鈴虫が鳴く

台風の余波で暑さが和らぎて季節はやつと秋に移るか

晶子の歌碑

病む妻を励まし手を引きさわらびの道を登りて展望嬉しむ

妻を連れ大吉山に登りたり振り返らずに前に歩めり

さわらびの道に出合ひし晶子の歌碑たぎる思ひが筆跡に見ゆ

六輔と巨泉が去りて若き日の昭和の名残に別れを告げる

経を聞きつつ実りし栗

秋彼岸　台風去りて境内の読経に混じる宇治の波音

憂ひをば流せとばかり宇治川は波音高く猛りて流る

彼岸会に栗賜りぬ　寺庭に読経を聞きつつ実りし栗を

炊きあげし栗ごはんよりのぼる香に秋深むを知る彼岸中日

手作りワイン

イタリア系アメリカ人に手作りワイン振る舞はれたり加州の日暮

解禁日グラスに揺るるヌーヴォーをふふみてボジョレの土の香を嗅ぐ

冬至風呂

川霧が白くながれて視野閉ざす今年の冬至の暖かきかな

山すそは一面の霧まとひたり明治の宇治の里さながらに

御陵山より見下ろす街は霧のなかこのしづもりをひとり占めする

冬至風呂柚子の香りにつつまれてひたれる老いの皺に汗する

帰国せしわれに冬至風呂すすめたる亡き父思ふ柚子の香れば

故郷の牡蠣

生牡蠣の殻をぐりつと開けたれば部屋に満ちたり瀬戸の香りが

牡蠣の殻むけばプルリと柔らかしなまめく白が流れ出でたり

牡蠣の殻皿にし剥かれた牡蠣を乗せレモンを垂して故郷を啜る

師走風邪拗らせし子を呼び寄せて牡蠣食べさせぬ疾く癒えよとて

塀の外《と》に見る人もなくうつむきて水仙咲けり冬日を浴びて

水仙を活けし座敷に孫が茶を点てて静かに客をもてなす

亡き母の遺愛の茶碗で茶を点てる茶の香に母の面影を追ふ

大雪

降りしきる夜明けの雪は参道をゆくわが足跡たちまちに消す

硝子戸の外面《とのも》に雪の付着して虹いろに白にじみて流る

しんしんと庭に降り積む初雪に木々も芝生も白く静まる

雪ふぶく都大路の女子駅伝たすきの乙女に汗ひかる見つ

ふぶく雪掻き分けたすきを渡したる少女は崩れて雪に抱きつく

追憶を呼ぶ玉手箱

亡き父が愛でゐしさつきまた咲きぬ風の芳し五月の忌日

追憶を呼ぶ玉手箱わかき日の父の論文わが手に取りぬ

本棚に残りし古き論文を著したる父の今に懐かし

白髪のまじる

白髪を交へしかつての仲間らに会ひてこころは四十路を辿る

宇治木幡に住みて四十年経たむとし妻の黒髪に白髪のまじる

階段からものを落として傷付けし新居の床は今もそのまま

人生の螺旋階段のぼりゐきわが秘めしもの寂しく眺む

街角にオープンカーを降りて来るジーパンの老いに焼もちおぼゆ

伊勢志摩旅行

伊勢のホテル窓一面に見放《さ》けたり夕日の海に影あはき島

きさらぎの夕日の海に影あはく浮かぶ島見放く伊勢のホテルに

沈む陽があかねに染めし英虞湾を陽が果つるまで眺めてゐたり

伊勢・志摩サミット終はりて鎮もるホテルにてサミットメニュー妻と試食す

宿泊のホテルにサミットありしこと今宵のディナーのソースと言はむ

旅の夜の屋上ガーデンに仰ぎたり星屑の空オリオン傾《かし》ぐ

七人の首脳が集ひし伊勢志摩の夜空に星が白く冷たし

大杉の緑陰に早春《はる》の陽光《ひかり》散る伊勢の神路を奥処《おくか》へ進む

神宮の杉の群立つ参道を歩みて我身を神代におきぬ

ウィーン

玉砂利を踏みて詣でし神宮に「斎王が胸」くぐりてみたり

ロスチャイルド、メッテルニヒの影を追ふ皇帝の無きホーフブルグ王宮

ウィーンでムートンに酔へば聞こえくるリリアンの歌「ただ一度だけ」

夕陽射すシュテファン聖堂前に見ゆモーツアルトの影ウェーバーの影

モーツアルトハウスの前の小路《こうぢ》には中華料理屋賑はふウィーン

ウィンナコーヒー飲みて青葉を吹く風に心あづけし若き日ありき

クリームの溢るるウィーンのコヒーに妻と訪ひにし茶房思はる

ウィーンのチョコレート菓子は甘み濃くヨーゼフ二世のまぼろしうかぶ

老いたれば再びウィーン訪ふことの難きを思ひ去り難く佇つ

ウィーンの街角に立ちモーツアルトと同じ空気を胸に吸ひ込む

ウィーンの石畳道を馬車でゆく蹄の音にこころ酔ひつつ

日循学術集会

寒明けの風の冷たき金沢は新幹線と学会に沸く

一万人を越ゆる医師らが集ひたる寒明けの金沢風の冷たし

怠慢か老いたるゆゑか学会に若きが論ずる言葉馴染めず

とほつ日に心燃やしし研究者今なほ熱く夢を語れり

鼓門潜ればもてなし地下広場古き金沢跡をとどめず

新幹線で街は変はれど金沢の「長生殿」の味はかはらず

早朝の庭木を濡らす雨の音散歩を止めて布団をかぶる

降りつづく雨にさくらの散り初めてま昼を友の訃報が届く

春雨は夜《よ》も降りやまず闇に咲くさくらの花のうつろひゆかむ

さくら並木の舗道に垂れし花の枝踏まれぬ先に切り払はれぬ

学校の教科

子どもらは博物館の夏休み教室で知る学ぶ楽しさ

夏休み体験教室賑はへり割算の九九、未来の図工

星の砂の謎を解かうと顕微鏡覗く子らの目輝いてゐし

仕事やめる

数多き弟子の一人は今上司われは突然くびになりたり

青く澄む空に浮く雲まばゆさに思ひあがりしわが心見ゆ

憤りいかに抑へむ後輩に「仕事辞めたら」と語りかけられ

長き影踏む

ペットボトル踏みつぶしては憂さはらす為すことのなく充たされぬ午後

職退いて時の流れが遅くなり落日にわが長き影踏む

水道の工事で道を掘りかへす工夫に桜の花の散りしく

雨やみし池のおもてに首あげて亀は語らず涙垂れゐつ

木幡池水面に桜散り敷けば亀が顔出し眼を閉ぢる

妻病みし日に子が亀を捕まへて甲羅に「癒ゆれ」と書きて放せり

春日さす庭にレモンの花散らす風よレモンは母の植ゑし木

梅雨晴れ

どこからかマーラーの5番流れ来ぬ庭に屈まり草抜きをれば

梅雨晴れを庭芝の草抜きをれば昨夜の夢の続きを思ふ

早朝の庭で草ひく我を見て妻はわが背屈みしと言ふ

高瀬川

浅き瀬に淡き光の泡散らし高瀬川流る緑陰の影

高瀬川平む川瀬に初夏の影の揺るるを見つつ蕎麦食ふ

川面にはリズムに乗つて光散りわが若き日の思ひ出運ぶ

光の粒

笑ひ声泣き声叱り声消えぬ団塊世代の老いたる団地

広告の老人ホームに晩年を送らむと泣く病みたる妻は

滋賀の湖水魚ひしめきて透きとほる光の粒を水辺にちらす

アルザス

アルザスを娘《こ》に手を引かれ旅をする一人で歩めと言ひ聞かせし娘に

容赦なく傷つけられしキリストの呻き聞くがに絵の前に佇つ

美術館の祭壇画には苦しみを苦しみで救ふイエスの姿

オー・クニクスプール城よりみはるかすワイン畑と十二世紀を

アルザスのリースリングは実をつけて風にふかれて葉がくれに揺る

夏空の夕日に映ゆる大聖堂　天文時計が時を告げたり

ドイツ語の標識多いストラスブール『最後の授業』のアメルを思ふ

語らざる苦しみあらむ故郷がフランス・ドイツと国を変へれば

ヴォージュ山脈斜面の葡萄畑には透き通る実が熟るるを待てり

古城仰ぐ葡萄畑の街道《みち》ゆけば空にゆつたり 鸛《こふのとり》 舞ふ

グランクリューの葡萄畑に囲まれてみどりに映ゆるリクヴィルの街

エディスハイムワインの試飲に酔ひ廻り帰りのバスの座席に眠る

シュバイツァーの生家を訪へば奏したるバッハの楽譜と象の牙あり

ワイナリーに醸ししワインの香りたつグラスをまはして口にふふめば

アルザスの丘に一口白ワインふふめばふはつと菩提樹の香ぞ

アルザスのワインの色はうす緑味はすかつと海を吹く風

鮮やかな花に飾られ運河沿ひの木組みの家はおとぎの世界

貧相なピザと思ひて食みし後アルザス名物「タルトフランベ」と知る

窓々にゼラニウムの赤き花飾るコルマールの木造りの家

故郷を

故郷を忘れぬやうに子と孫に古きのれんの走り蕎麦食はす

医に捧げ遊びごころを知らざりし身が短歌《うた》知りぬ八十路を前に

海浜に拾ひし貝殻わが耳へ子は当てにけり補聴器の上に

日野原先生死去

日野原さん百歳越えても朗々と医師の姿を説き続けたり

百四歳のメッセージに酔ひ聴衆は　次なる演者《われ》を置いて去りにき

老いるとは成熟なりと語りゐし日野原さんは百五《ひやくご》歳で逝きぬ

日野原さん命の授業のきつかけは死にゆく少女に掛けたひと言

十三回忌

弟の遺影にまむかひ若き日の思ひ出を恋ふ今日十三回忌

懐かしき笑みたたへたる弟の遺影に老いの悲哀を語る

残りたる兄弟三人齋《とき》の座に体調不良を語り続ける

二人の子それぞれ伴侶を亡き父へ引き合はせたり夏の墓前に

「あかつき」

「あかつき」が謎に迫りし一つ星光さやけし季夏のあかつき

「あかつき」が捉へし大気運動を見ればおぞまし明けの明星

秋の月

残暑長く居座はりし庭にほそき雨降りたる後に虫の声聞く

台風の余波に庭木の葉が散りぬひそやかに秋のしのび入る見ゆ

秋風に庭木の揺らぐ夕暮れは虫の音すみて秋庭に満つ

秋の月われの悩みを飲み込みて影冴え冴えと庭を照らせり

小夜更けてワインセラーの音止まり窓辺の庭に虫の声聞く

秋彼岸

秋彼岸みどり葉包む本堂に経聞きをれば追憶の風

本堂の鐘の音澄みて線香の煙の影に父母のいませり

寺庭の松、杉、樫の緑陰に曼珠沙華赤し彼岸会の午後

台風に寺庭の銀杏の木倒れ風落ち残る秋の彼岸会

奥つ城と決めたる丘に妻と来て宇治の川音しみじみと聴く

題詠　画像

盆休みを孫は帰らずスマホにて汗まみれの孫の投球を見る

野球少年汗にまみれてマウンドを誰にも見せぬ表情で踏む

九・一一テロの画像見るたびに現地に眠れず在りし夜々顕《た》つ

コーヒーのドリップ

コーヒーのかをりほのぼの部屋中に満つれば妻の目を覚ましたり

コーヒーのドリップはヒトに任されぬ静かに時の流れる朝《あした》

ジャカルタの友来たりけり香り立つジャワコーヒーと追憶土産に

立ちのぼるコーヒーの湯気とほろ苦き味にとけ込む秋陽のやさし

心電図

人生を心臓病予防に捧げしにおのが心電図の異常気付かず

逃れられぬ老いといふものの健診に予期せぬ心電図異常告げらる

新高梨

幼子の頭ほどある大梨のみづみづしさを冷たく冷やす

四万十の風音水音聞こえ来る新高梨の皮をし剝けば

新高梨生まれながらの水の味甘き雫が口にしたたる

中秋の名月

秋の気配淡くながれて鈴虫のこゑ満月のひかりに溶くる

木の間より満月庭に差す今宵夜風が運ぶ光のにほひ

わが憂ひ、恨み、妬みを溶かしこむ月の光を夜空に呼吸す

アメリカの名残

アメリカで吾子が日本の歌うたひ問ひたり what is 夕焼け小焼け

引き出しに残りて錆ぶる革財布わがＩＤは色褪せてゐし

アメリカの運転免許、子の写真、ディズニーカードが古き財布に

半世紀古き財布に残りゐし身分証明そつと取り出す

追憶を呼ぶ玉手箱半世紀ぶりに目覚めた財布の中身は

秋風

長雨が止みたる後は秋深み冷たき風に魂晒す

葉ごもりに一つ隠れるレモンの実秋風に揺るる夕陽の庭に

色づきて庭に散りたる花水木寂しき匂ひを秋雨が消す

秋雨

雨のなか投票済まし帰り来ぬ台風前夜の不安いだきて

台風は北上続け呆け極むわれの不安を煽りて吹けり

台風のすさぶ夕べにモーツアルト聞けども晴れぬわれの不安は

雨台風狂ひて吹けば雨戸哭き雨音が消す選挙速報

台風は色づきそめし木々の葉を庭に散らせりごみの日の朝

毎水曜カンファレンスを終へたればテキーラで疲れ癒しし日々よ

辛　苦

嫁ぎきて辛苦をともにせし妻は古希過ぎ不治の病に伏せたり

父母が耐へし辛苦の偲ばれて位牌を浄《きよ》む春彼岸のけふ

浄瑠璃寺出でて坂道降りくれば唐辛子畑《ばたけ》に秋あかね飛ぶ

円錐花序

庭隈の南天の実の色づけば鳥飛びきたり円錐花序崩す

冬日差す妻の実家の逢瀬の間五十年後も空気が甘し

追　善

追善で郷に帰りて妻が言ふ庭石の上亡き父を見しと

塵取りと箒を持てる庭の妻長き病に背屈《せなかが》みをり

癌を病む友が仲間の死を嘆く手紙くれたり雨の如月

癌再発伝へきし友がホスピスに移りて友情謝すと伝へ来

桜並木

わが町の桜並木の枝払はれさくらは咲かずまぼろしの春

コンビニの光に浮かぶ桜花白冴え冴えと暁闇に散る

春雨は夜も降りやまず闇に咲くさくらの花のうつろひゆかむ

根の張りて舗道を割りし桜木が切り倒されて花の無き春

桜花ひとしほ愛でし父なりき逝きて幾度の春のめぐれる

見上ぐれば空の青さを隠しゐし桜散り初むララシー、ララシーと

しののめを陵墓の前の糸桜朝日かき混ぜ垣越しに散る

朝の道

本箱にぎゆうぎゆう詰めの専門書職退きし日に古紙回収を待つ

早朝の御陵をいつも行きし人声の大きな老いでありしが

難病の妻

難病の妻がすみれを庭隈に植ゑたり変はらぬ春を待たむと

払はれた桜の枝に残る瘤去年のかたみを思ほゆらむか

花見にと人の群れ行く平等院　通りに満つる茶を焙ずる香

庭隈にひらき初めたる牡丹花緋の大輪が妻を慰む

牡丹花ムラサキシキブ　シラン咲き病みたる妻を元気づけたり

亡き母の植ゑにししらんほととぎす花咲き初めて春がまた来る

牡丹花盛りは過ぎぬ来む春も咲かめと水やる病みたる妻は

病む妻が山吹　ビオラゼラニウム植ゑをり　春は幸きくあらめと

道端に風に運ばれ芽吹きたるビオラを妻が鉢に移しぬ

しきふりし雨やみたれば妻植ゑしビオラの紫朝日に映える

紅の牡丹の花は散りにけり昨夜の風にうちかさなりて

春雨に妻の育てし紅の牡丹の花が重なり散りぬ

墓参

自らは樹木葬でと言ひし弟父母の墓石を洗ひ草抜く

兄弟で墓地を歩みて父母の墓前に声なき声を聞きたり

父母の墓前に佇み吹く風に若葉の散るを見つめてゐたり

ひさびさに父母の墓石に苔を掃き仲良くあれと水をかけたり

墓洗ひ花を手向けて香をたき歌ふがごとく戒名を読む

もみの木の切り株残る父の実家《いへ》画家樅園の去りて久しき

祖父の画のため書きにある樅園主人その名を留む樅の切り株

幼少の父が遊びし竹藪の朝掘り筍土産に貰ふ

金婚式

金婚の年に思へり来し方はゆかし切なし甘し酸つぱし

金婚を傘寿に迎ふ来し方は幸おほかれど悔いもおほかり

慈しみ諍ひつつ今日到る金婚の朝ほととぎす鳴く

娶りたる日のときめきを思ひ出づ相携へて金婚ぞけふ

八十路越え妻の辛苦をかへりみる日々の飯炊き子育てよああ

アルバムの楚々たる乙女いま孫の金婚祝ひ受けて微笑む

金婚は孫子と祝ふを夢見しが孫らは部活で帰らぬといふ

睦みゐる家族の写真は来る事のもうない信濃の若き日の夏

同じ春妻を娶りし友逝きぬ心閉ざせりわが金婚を

塩

塩加減店に伝はる掟あり京の料理は薄味ならず

魯山人の皿に盛られて鮎泳ぐ濃い目の塩で焼かれた鮎が

少女時代

初々しき少女時代の夢見しと後期高齢者の妻が言ひたり

五人目にやつと生まれた女の子妻はペットのごと育ちたり

女子大の同窓会の案内に寂しさ隠す病みたる妻は

コートロティ

コートロティ三十四年目に栓抜けば香りが運ぶ若きわが影

娘婿又婿ワインに酔ひしれて会話はづみて若返りゐる

みそとせをセラーでねかししコートロティ我の歩みに合はせ熟せり

グラス回し鼻突つ込めば注がれたるワインが運ぶローヌの日差し

地震

運転中に地が盛りあがり波打てりハンドルにすがり揺れ去るを待つ

今の揺れ震度六とふカーラジオ聞きつつおもふかの暁を

学校のブロック塀の下敷きの少女の親御の嘆きしのばる

大阪の地震に揺れて瓦解せし伏見城の遺構に秀吉の影

かの地震の後に直しし塀なれど今朝の揺れにまた罅《ひび》われの見ゆ

よみがへるかの暁の地震《なゐ》の揺れ倒れる本棚散らばる食器

帰り来ば妻が塵取り箒持ち瓦礫の中に佇んでゐし

美智子誕生日

九年前妻難病と言はれしも何とか生きて今日誕生日

パーキンソン病と告げられ八年を妻耐へてきて今日誕生日

病む妻はけふより後期高齢者初めて贈る薔薇の花束

この八年をパーキンソン病に耐へし妻　七十五歳のけふ誕生日

購《あがな》ひし花に託せり来む年も妻健やかに真幸くあれ

この後も妻よすこやかに幸くあれと思ひ託して薔薇贈りたり

誕生を祝ふ電話を子と孫がやつと呉れたり妻寝入る前

ああ君の生《あ》れしはこんな夏の日か炎暑吹く汗裸足ひまはり

先逝きし弟

先逝きし弟思へば寂しくて師走の風に逆らひ歩む

外見も中身も彬彬《ひんぴん》たりし弟文質《ふみただ》を欠く正月寂し

三が日過ぎて葬儀に弟の遺影は笑みぬ「待たせてごめん」と

ドイツ勤務長かりし弟と聞きにたるバッハのミサ曲思ふ通夜の日

斎場に集ふ妻と子、兄弟を慰めるごとほほゑむ遺影は

花々に埋れて静もる弟と永遠の別れの忍びかねつも

弟の葬《はふ》りを終へて飲む酒は切なく愛《いと》し外は夕焼け

講演

声枯れて言葉返せぬ夜を目覚め講演原稿もう一度読む

五十年前に使ひしスライドに老いたる我は励まされゐる

オスラー

ワインのラベルに「オスラー」とあれば碩学オスラー氏浮かぶ

オセアニアのぶだう畑でワイン飲みしワインもわれも若かりき

プラトンの酒の勧めを諭したる医学者オスラーがワインのラベルに

仰ぎ見し人の名冠すワインなりホメロスの海思ひださせて

暖冬

暖冬に団地の梅のふくらみてコロナウイルスに向き合ひ匂ふ

窓越しの日差し温くとし暖冬の昼寝の夢のもつれをほぐす

早春の庭の芝生にわびすけの花こぼれをりひとつ拾ひぬ

新年に孫と交はしし約束を思ひ出しつつ元気をもらふ

宇治河畔

宇治河畔今を盛りに咲く桜コロナウィルス禍に見る人もなし

目の前に死が近づいてゐるやうで己が八十路迎へがたしも

梅雨明けて日差しのくわつと照りつける午後を音なく妻の伏しゐる

梅雨晴れを庭の芝生の草ぬきつつ昨夜見し夢の続き思はる

コロナ禍

コロナ禍に兆す不安を溶かしこみ切なきまでに梅雨の雨降る

行く春を惜しむいとまのなきまでにパンデミックの不安の兆す

手洗ひとマスク欠かさず日もすがらテレビの伝ふコロナ禍を聴く

新コロナテレビに解説する人の無表情なれば不安増しくる

予定なく四連休を家ごもり梅雨曇る空を空しく見上ぐ

トラトラトラ

アメリカでトラトラトラを見し吾子が星条旗に手を胸に置きにき

日の丸を機の両側にひるがへし昭和天皇専用機着きし

日の丸を掲げて来ましき天皇が真珠湾あとの海軍基地へ

日の丸をカリフォルニアの青空に翻《ひるがへ》して来ぬ昭和天皇

留学の町に日の丸はためけり昭和天皇行幸《みゆき》を待ちて

何となく涙こぼれき留学の町に日の丸ひるがへるを見て

老犬

飼ひ主により添ひ歩む老犬がときをりふつと溜息をつく

老犬と足並みそろへて歩くこと出来ずなりしを友は寂しむ

隣人に十年寄り添ひし犬疲れしか歩道に腹擦り付ける

予期してたと友は言へども老犬を逝かせし安堵と寂しさの見ゆ

老い深む愛犬の哀れ語りゐし友のウォーキング今日からひとり

四十年住み続けたるこの団地子供ら減りて飼ひ犬増えぬ

紫すみれ

妻植ゑし山椒いつしか垣根越え行き交ふ人に春の香放つ

隣家《りんか》との境の垣根に山椒の若葉の枝の棘みがきゐる

春ごとの紫すみれ萌ゆるなし種まく妻の病みて伏せれば

パンジーや菫、ビオラを移し植ゑ春を呼びゐき去年《こぞ》の妻はも

紫をこよなく好む妻に贈る菫がこぼすむらさきの雫

春の街にみつけし菫の鉢を買ひ紫の吐息持ち帰りたり

徴兵なき日本

戦没者追悼式をテレビに見　遺骨拾ひの土産を飾りぬ

イスラエルの友の苦しみ聞かされて今徴兵なき日本が嬉し

終戦の玉音放送を泣く母に戸惑ひき八歳のわれ

あの日から七十五年戦争を知らぬ陛下の深い反省

秋の日

仕事なき日々につのれる虚しさをたで咲くころとなりたる今日

車椅子

車椅子の妻と眺むる宇治川のさざ波に秋の光満つるを

さう言へばシベリウスの曲流れゐし妻と出会ひし里の茶房に

車椅子届きて歩みよろめける妻乗せ宇治の夕日見にゆく

仰向けば茜に染まる空有りてをさなに返る車椅子の妻

今年また竹原さんより柿届く秋風澄みて泌みとほるころ

故郷より届きし干し柿懐かしき秋の香運ぶ動けぬ妻に

送られし柿を食みつつ思ひ出す亡き義母が庭の柿捥ぎくれしを

無花果の数

朝毎にとる無花果の数減りて露冷え冷えと秋は深めり

丘の上夕日に染みて冬せまる風の音は楢林に鳴りぬ

手術

手術終へて妻なほ心静まらず白秋の詩を読んで聞かせたり

折れた骨つながりしこと告げられて夜明けのコーヒーひたすらうまし

秋の日差し伸びる廊下の突き当り術後の妻の老い深みたり

死と生を語りつづけしリルケの詩集開けばそこに蟻の死骸が

磨る墨の香

行く年も来るとしもなし現在を抱きてひとり湯船に目を閉ぢてゐる

あとがき

私は八十半ばの老人です。私が短歌に触れたのは、喜寿を過ぎた、ちょうど七年前のことでした。

私は四十代半ばに新設の富山医科薬科大学の内科教室を担当することになり、単身で赴任しました。初めて家族と離れて、深い雪の中で悶々とした生活を送っていたのですが、ここで大伴家持を知りました。彼は三十代の終わりに聖武天皇の命を受け、奈良の都から富山に赴任しました。家持は、心に宿す痛恨を払拭するには歌以外にないという気概をもって、新しい歌境を開きました。そして、歌は人間の悲哀を託す唯一の手段であるという気持ちを新たに数々の名作を残しました。富山における彼の絶唱が、後に万葉集の大成へと連なったように、私も北陸の厳しい風土に押し潰されることなく、家持のように生まれたばかりの大学で新しい内科学の道を拓こうと努めました。その時は、後に自分が短歌を詠むことになろうとは夢にも思いませんでした。

その後、私は京都大学へ移り、定年を迎え、多くの役職から身を引きました。忙しい日々から一転、時間を持て余すようになり、家でごろごろしている私の姿を見ていた家内から勧められ、短歌を始めることになったのです。一旦始めてみると、限られた言葉で自分の気持ちを述べるということが面白くなり、もっと若く感性が豊かで記憶力も確かであった時に始めていたらと悔やんだものです。

私が初めて歌を詠んだのは喜寿を過ぎてからですので限界があるのは仕方がないと思いました。そこで私は、コスモス短歌会に入会し、多くの方々、特に富山支部の日影康子さまからは身に余る多くのご指導を賜りました。また、コスモス短歌会京都支部の皆様にも沢山のアドバイスをいただきました。ここに改めて御礼を申し上げます。

私は京大時代に教授会や外来など、多くの場所で永田和宏先生にお目にかかっていたのですが、先生が有名な歌人であることは知りませんでした。後に永田先生と奥様の河野裕子さまの相聞歌を数多く読ませていただき、難病に苦しんでいる家内共々、大きな感銘を受けました。

この歌集は、そんなお二人のご子息である歌人としても有名な永田淳様の会社で出版していただきました。本書に掲載されている短歌は全て永田淳様が選んでくださったものです。この歌集を完成させるために、お世話になった皆々様に心から御礼申し上げます。ありがとうございました。

篠山　重威

二〇二一年十二月

歌集　宇治の川風

初版発行日　二〇二二年四月二十七日

著　者　篠山重威
宇治市木幡熊小路一九－一二八（〒六一一－〇〇〇二）

定　価　二五〇〇円
発行者　永田　淳
発行所　青磁社
京都市北区上賀茂豊田町四〇－一（〒六〇三－八〇四五）
電話　〇七五－七〇五－二八三八
振替　〇〇九四〇－二－一二四二二四
https://seijisya.com
装　幀　濱崎実幸
印刷・製本　創栄図書印刷

ISBN978-4-86198-531-7 C0092 ¥2500E